歌集

じゃじゃ馬馴らし

藤島 眞喜子

典々堂

＊目次

装本・倉本　修

歌集　じゃじゃ馬馴らし

小さな奢り

芳醇な香り片手に聴くブーニンさびしき夕べの小さな奢り

暮れなずむ空に向かいて叫びたし今日はムンクの女となりて

良い子という仮面の下のＳＯＳ気づかぬわれは母にあらざるや

不用意に浴びせし言葉の重たさに慄く日々よ愚かな母は

ジーンズの裾を切らぬが当然の娘と競いて試着室に入る

穏やかな笑顔もどりて紅をひく娘は背《せな》を真っ直ぐにして

壺に挿す桃の蕾のふくらみに娘の笑顔かさねて見たり

晩秋の朝靄のなか夫と走る失いかけた優しさ探して

断ち切れぬ思い残れるスカーフをセピア色に染め夕暮れてゆく

パヴァロッティのビロードの声に促され久々に磨る墨の輝き

歯車の一つにすぎぬ存在とつぶやきながら自転車をこぐ

意志もたぬ女となりたきこともありきょうの終いの湯舟に沈む

日常の煩しさはさておいて車窓に眺む絵のごとき秋

太陽に向かいて伸びをするように雪割草の純白の群れ

公僕とあるページを繰り返し読む怒り鎮めて会議のあとに

人々に笑われることが生業とコメディアン二人画面を走る

塔の岪《へつり》

無尽蔵の雪に願いを込める元朝《あさ》つらら垂れいる会津の宿は

きしきしと雪ふみしめて歩みゆく塔の岪の岩屋の入り口

ふらふらと忘却の小波立てながら老人力が近づいて来る

不穏なる突風うけて藤の花房《はな》むらさき散らす駅前通り

ようやくに安らぎを得し娘の寝顔ときどき笑まうをしばし眺むる

緩やかなリチャード・バーマー聴きながら香りの高きコーヒーを飲む

寂しいと言葉にすればさびしさが溢れてやまぬ氷雨ふる宵

所在なく風に揺れいるアワダチソウ言いたきひとこと堪えいるわれは

あくまでも正論に拘るわれが在り　眉月みあげ家路を急ぐ

遠き日の情念思いて上りゆくかすかに色づく桜木の坂道《みち》

噛み切れぬ生蛸いっきに飲み込めり昨日の怒りいまだも冷めず

おずおずと加わり入れば輪のもなか女《おみな》の悪口蜜の味なり

年ごとに送られてくるサンふじの歯ざわり嬉しき師走となりぬ

若葉マーク

紫陽花の藍が清しい水無月尽若葉マークの車走らす

涼やかに生きるは難し雨上がりの午後にまばゆくユキヤナギ照る

配られし一枚の紙「全員解雇」思考停止の石になりたり

「あの風のようにやわらかく生きる君が好き」小田和正の透き通る声

やんわりと妬心あらわる熱帯夜嫁ぐ日かぞえる娘《こ》の横顔に

鋭《と》きこころ持ちたるゆえに涙多き娘はあした花嫁となる

相容れぬ母と娘でありしまま嫁ぎゆく日の娘のまなざし

「がんばらない」医師の言葉を反芻しこの一週間をゆうるり過ごす

決着のつかぬ多くを持ち越して新年を告ぐ慈恩寺の鐘

新緑に呼応するがにオカリナの音色が響く朝の公園

「戦争をしない国」から「出来る国」へ有事三法成立したり

フジコ・ヘミング

会話なき夕餉の卓の秋刀魚よりかすかな吐息聞こえたような

存分にボリューム あげて酔いしれるフジコ・ヘミング夫おらぬ夜

都合よき女になるも時によしジョニー・デップにしばし恋する

白黒をつけねば済まぬわが性を継ぎし娘と肉まん頬ばる

終わりなき殺戮つづく砂の国おもいていたり「紅白」見ながら

沽券派の夫との会話さておきて土曜の夜はコーラスにゆく

憎しみの眼差しを受けし時もあり娘と並びてシーバスのなか

長かりし母娘の確執三渓園の若葉のなかに溶けてゆくなり

唐突に不幸の手紙まわり来る　昨日痛めし足首疼く

「素敵だね」眉に唾して聞きおれど十歳がほど若返りたり

アボカドを両手に包み確かめるその固さほどのきょうの憂鬱

適度な鈍感

枝先まで青色ダイオードに被われて師走の木々は夜を眠らず

枝の辺におみくじ結ぶ細き指詣でる娘に笑顔もどり来

とびきりの幸福感は切なさと隣り合わせにあると知りたり

「幸せは適度な鈍感にあり」と友の言う　深爪の指ずきんと疼く

突然に降りくる雨の気まぐれを楽しむ五感われももちたし

街路樹も歩道も清しく生き返る五月の雨はあおき香のする

言葉なくし表情なくして臭い消し透明人間になりたき五月

湧水を集めて流るる尚仁沢川みなもに映る新緑つれて

秋風にますます拡がる格差社会シャッター通りの看板あせて

フェードアウト、黄昏どきの寂しさよエンディングノート傍らに　秋

いつしらに老人力が備わりて消したき過去も思い出となる

価値観の異なる息子に従いて神社に詣でる霜月吉日

バッハの無伴奏チェロ聴くゆうべボジョレー・ヌーヴォーに少しく酔いて

優しさという罪深きもの憎みたり薄くれないの垣の山茶花

老眼に遠視に乱視と紛らわし三つの眼鏡使いこなして

感情の乏しくなりゆく極寒はゴブラン織りのショールを纏う

ひそやかに発光するという蚕豆《そらまめ》を炭火に焼きて焼酎お湯割り

林住期

早朝の水面にひらく睡蓮のかすかな吐息聞きたるような

雲うつし流るる水面に遅速あり「林住期」という旅立ちのとき

セザンヌの「赤いチョッキの少年」が好きという君「自画像」が好きなわたくし

頭の上のからくり時計が躍り出しバーゲンセールの行列つづく

忍多き現世なれど畦道を雨衣着せられて曳かれゆく犬

北風に身をそらし合う街路樹を遠景として夕暮れてゆく

熱湯を注ぎし時にかすかなる悲鳴をあげる罅入りのマグ

二人いてなお寂しかり道端の柚子ひと盛りを購《か》いて帰りぬ

木枯しに小さく波立つ元荒川に流してしまわん思いいくつか

ゆるぎなく決めるアンテナのポーズ陽春《はる》の道場いのちが充ちて

線路際の桐の大樹の花闌けて淡きむらさき薄暮にゆるる

一夏《いちげ》の期待

とげとげの感触うれし朝の胡瓜「青みが悲し」といいし太宰よ

われには縁なきことのひとつと思いきしクルージングに視界はじける

真直ぐなる航跡を曳き「ふじ丸」は一夏《いちげ》の期待ずしりと積んで

いとしげにベース抱きて爪弾くは「サマータイム」の気怠きリズム

「タイタニック」のヒロインのごと風切れば碧を湛えて地球はまるい

満天の星のひかりを受けて飛ぶ卯波ましろし「ふじ丸」は航《ゆ》く

千年の歴史をきざむ新羅王朝いまありありと息づきており

蓄えし力放つごと色づきてポプラ一列風に吹かるる

抱擁のかたちに腕《かいな》ひろげれば透視カメラが肺腑をうつす

悔しさは溜めおくなかれ散りしける銀杏ふみしめ図書館へゆく

自習室の窓よりみれば北風に清められたる光が撓む

春の日を思わすような睦月尽さらわるるごと友が逝きたり

黄のストーンを赤の一撃が覆す氷上あつき知のせめぎ合い

早春賦

目覚めよき朝のコーヒー「早春賦」ハミングをする今日は立春

うっかりと言わでよきこと言いかけて未だ開かぬ藤房みあぐ

財産の相続などは縁なきゆえ友の苛立ち冷ややかに聴く

せがまれてしぶしぶ弾きやるメヌエット、ソファーに並ぶ幼ふたりに

ハンドルを握れば次第に荒ぶりて紅葉マークを一気に抜き去る

二人だけの夕餉に使うまないたの無数の傷が水をはじける

ひいやりと豆腐手にのせ細の目に切りゆく夕べ電光はしる

「加齢です」整形外科医にべもなくヒアルロン酸ブスリと射せり

近道を探して畔に入りゆきわがゆく道を見失いたり

コスモスを軟禁するごと囲み立つせいたかあわだち草嫌いでないが

やわらかなカツラの黄葉《もみじ》信玄の眠れる恵林寺をひそと照らせり

沙羅の木は無人となりし庭に立ち樹皮をぬぎつつ冬に入りゆく

幼らが折りくれし二羽の銀の鶴くび深くたれ何をか祈る

賀状のみの交信ついに途絶えたり迷いしのちにアドレスを消す

一面の紫雲英《れんげ》の田圃に寝転んで「ノンちゃん」になりしよ学校帰り

狂わない時計が自慢の友なれど待ち合わせには常に遅れる

熱湯に炒り糠たっぷり振り入れて衣脱がせし竹の子踊らす

ふきのとう、こごみ、いんげん、たらの目の天麩羅すこしの雪塩かけて

愚直さを矜持としたる来しかたを悔やむならねどゆらぐものあり

食欲のわかぬ昼餉は冷やっこ氷ふたつをごろんと添えて

おやつの時間

音たてて通り過ぎたる春一番われの逡巡ふきさらいたり

春雪は溶けゆく気配たちあがり長きこだわりひとつを捨てる

尖りたる心のままに畔ゆけば早春《はる》の日射しが背なを温める

鬼となり幼ふたりを捕らえんと駆けまわりたり木々芽ぐむなか

幾万の時計を止めし大津波三・一一「おやつの時間」

浅ましき人間の業まざまざと商品棚が空となりたり

深々と溜息つけば前に立つ若者ふいに振り返りたり

一陣の風きて散らす桜花おとろえぬまま散るもあるべし

とめどなく散りゆくさくら手に受くる失いしものかぎりなけれど

促しの雨に応えてねこやなぎ芽吹き初めたり古利根堤

かぎりなく花散るなかをそれぞれの居場所に向けて別れし記憶

きみまろの漫談きゝて思いきり笑いしのちのこの虚しさは

不器用でシャイでアナログな人がいい秩父土産のおやき頬ばる

烏賊の腸抜かんと指を入るるとき春雷はげしく響きわたれり

アボカドの種

涼風《すずかぜ》の通うところに集まりて女三人《おみなみたり》のひそひそ話

憂《う》きことを言いだしそうなアボカドの種がつるりと転げ落ちたり

うっかりと足で消したる扇風機二歳のまなこに見られてしまう

眠れねば母の遺しし夏掛けを誘眠剤として胸までかける

ひさびさにかけきし娘の電話ゆえ座りなおして愚痴をききやる

いっせいに鳴る風鈴の音よけれ迷いし後に買わずに帰る

夏と秋かくれんぼしている八月尽鼓動のごとく鳴く鉦叩き

立春寒波

あの日以来外出できぬといいし娘《こ》が原発反対のデモに出てゆく

ふんわりと秋風立ちていちまいのコスモス畑浮きあがりたり

さかしらに言いしひとこと悔いおれば夕べ椋鳥の喧騒はじまる

柿おちば一葉はさみて読みつづく田辺聖子の『古典まんだら』

風すさぶ工事現場のクレーン車ひと日を終えて首たたみゆく

木枯しの泣くをききつつ爪を切り指の数だけ眉月ならべる

玻璃窓の裂けんばかりに冷気満ち日本列島立春寒波

防波堤に砕け散るなみ一瞬のひかりとなりて闇を照らせり

酷寒を耐えきしものの恵みなり鍋いっぱいの根菜の湯気

人間の塵芥流るる町川に凛とたちいる白鷺一羽

ロウバイの黄《き》咲《い》き盛り屈託あるわれにも届く甘きその香が

突き抜けてまっ青な空ねころびて午後の公園ひとりじめにす

「きれいな娘さんね、お父さん似ね」傷つきている母なるわたし

三歳になりたる稚那《わかな》いつしらに敬語あやつり電話してくる

無言歌

春夏を分かつ前線横たわり日本列島じゅるんと梅雨入り

雨の日のピアノの響きに余韻ありペダル効かせて「無言歌」を弾く

水玉の傘を開きて緑濃き城址公園に雨をきくなり

しとしとと雨降りつづく日の暮れは忘れかけたる卑屈癖兆す

スーパーの一隅占めてまくわうり少女のようなさびしき黄色

下駄さばき見事におどる女《おみな》らのかけごえ通る春日部駅前

都合よき嘘を幾度もつききたる男の背《せな》もまるくなりたり

頭よきひと端的にうらやまし　正座して読む山中智恵子

コウモリの聴覚、猛禽類の利目《とめ》、イヌの嗅覚ヒトになきもの

確実に時節はめぐり鶏頭の尖りて朱き花が咲き出す

詮無きことひとつが離れず仰向けば白雲のゆく真っ青な空

幾万の生すれ違う交差点朝光のなか照り翳りして

「加齢です」に集約さるる身のめぐりあっという間という間のありて

つくづくとさみしき花にて吾亦紅いろを尽くして秋を咲きいる

鰯雲そらいっぱいに拡がりてなにか吉《よ》きこと起こる予感す

魂のもつれのごときマンジュシャゲ古利根堤をまっかに領す

紅葉をうつして蛇行する水の意志をもたざる流れのゆるさ

夕焼けに耳まで赤くひからせてグラウンドの少年ボール蹴りいる

そこだけを明るく灯す自販機が夜の静寂にときどきうなる

としどしに送られてくる一塩の年取り魚を出刃にて捌く

破魔矢の鈴

地下鉄の窓にうつりしわが顔に晩年の母が重なりて見ゆ

耳の奥に虫が宿りて鳴きやまずまなこを閉じて深く墜ちゆく

とろろ飯に口元かゆし七階の窓より眺むる遠富士ましろ

購いし破魔矢の鈴を響かせて慈恩寺からの道をつれだつ

炎昼の交差点にてすれ違う黒羅の女の濃きサングラス

むくむくと雷雲にわかに湧きくればわれの悪意も頭擡げる

それぞれの黒歴史ありわれにもあり　肴《あて》の生ダコ一気に飲みこむ

走り根につまずき打ちし膝頭グルコサミンをふたつき与う

笑顔が若い

菜の花のいちめんに咲く農道を小型トラックのったり走る

山桜のなかにひともと八重桜ふっくら乙女さびて立つなり

口開かず身も蓋もなき大あさりさくら過ぎたる房総の宿

改札口のむこうで手をふる友ふたり十年ぶりの笑顔が若い

ベランダにシャボン玉とばす三人《みたり》の子創ることとは壊すことなり

正論に拘り人を追いつめし心のままに夜道を帰る

ほんのりと温き新米に手を埋めて実りの秋を肌にひき寄す

徳利に萱草いっぽん挿して待つ樟のてっぺん十六夜の月

泥葱をむけば白肌あらわれて指も凍える寒入りの朝

老いはいや死ぬのも嫌と叫べども待ってくれぬを歳月という

空気って読むものじゃなく吸うものです　耳朶を吹きゆく風の冷たさ

家内に妻待ちおれば機嫌よし沽券にこだわる男の鼻うた

黒土を割って咲き初むクロッカスひと足はやい春を連れくる

一面の菜の花畑にくぐまりて黄にまみれつつわれは気化せり

満開のさくらに空も微熱もち城址公園ぼんぼり灯る

さりげない言葉選びて暮らしいる二人を見ているガラスのうさぎ

温き手とぬくきまなざし忘れぬにあの人の名が思い出せない

魚となりて

新城《あらぐすく》の海辺に来たりて神妙にシュノーケリングのレクチャー受ける

フィンの先で珊瑚の頭を撫でるがに伊良部の海の魚となりて

海桐花《とべら》咲く荒崎海岸刻まれし乙女らの名を指にてなぞる

初夏の風ごつごつあたる平和の碑《いしじ》 南海《うみ》に沈みし父の名は無き

沖縄の歴史を刻む「うりずん」にてジーマーミ豆腐に泡盛《くーす》のロック

庇より糸を曳きいる蜘蛛ひとつ眺めるわれに気づきたるらし

噴水と雨とが交歓しておりぬ雷鳴とどろく夕暮れのとき

落羽松、メタセコイヤが向き合いて梅雨空つらぬき高さを競う

蓴菜はぬるりと箸を逃れたり　幼なじみの訃報がとどく

天辺は常に鮮《あた》らしき噴水が勢いており真昼の公園

すすき野を渡る銀の風老いのかぜ五十肩とう痛みに堪えて

真っ赤なラパン

カーテンの向こう冬霧たちこめて不安ましくる　あす総選挙

断捨離を出来ないものの一つにて母の絣の綿入れ半纏

竹寺の茅《ち》の輪くぐればわが脳《なずき》あの人の名を甦らせる

車にも仰臥という死の形ありスクラップ工場の敷地を占めて

明日からのわが晩年を共にする真っ赤なラパン最後のくるま

心臓がとびでるほどの嚔して夫のこごとようやく終わる

太々と恋と書きしはいつのこと今年の一文字〝穏〟と決めたり

箸袋に三人《みたり》の孫の名を書きて正月四日の賑わいを待つ

行間に友の心情あふれいる初便りくる氷雨ふる午後

万歩計腰に吊るして土手をゆく蟻の行列ふまないように

一切の葉を捨て去りし大いちょう無言に立ちて仏のごとし

谷根千

ふっとつくあなたを守るためのうそ声をおとして電話をきりぬ

来て嬉し帰りてうれし息子《こ》の家族大き冷蔵庫たちまち空っぽ

雪のように羽毛降りくる夢にいて幼きわれは亡父《ちち》の手のなか

樹々の芽を育てる風と去る風の交差している啓蟄のころ

首ゆるきセーターを着て行かんかな気のりのしない午後の女子会

鷗外や漱石が寛ぎたるという文豪の石にわが臀をおく

へび道の十五曲がりは暗渠なり藍染川の流れに沿いて

弾痕の無数に残りし築地塀わかき志士たちの夢を見て過ぐ

黄落の苑に立ちいる大銀杏かんがえる樹となり冬に入りゆく

袋田の滝音とよみ丹田に手を当てみれば昂ぶりのある

飛び方を覚えそめたるツバメの子あとさきに来て電線にならぶ

目薬がうまく点せないこの朝は揃いの皿を割ってしまいぬ

電線のカラスがカアと呼びたればカアと返しぬ気分よきあさ

「お神楽さん」幼きころのわが渾名いまにし思《も》えばめでたき名なり

ノアザミ

うっかりとつきたる嘘がうそを呼び針千本を飲まさるるゆめ

寛容と言うにはあらず見え透いた嘘八百を聞き流したり

平和主義とう風呂敷に包みて押し売りす安倍政権の「戦争法案」

全身にとげを纏いてノアザミは「手出し無用」と雨浴びて立つ

断崖に身を反るごとき列島に安保法案反対の渦

折鶴に息を吹き込む原爆忌あぶら蟬あさからはげしく鳴いて

炎熱が日本列島覆える日、川内原発再稼働せり

手のひらにあゆませているほうたるが力抜くとき光をはなつ

粛粛と誰《たれ》にも来《く》べき死《しに》なれど手術に耐えたる夫のやすらぎ

六時間の手術に耐えし夫の顔まどろみのなかはつか微笑む

見舞いにと娘の持ち来しつえ一対沽券を捨てたる夫の喜ぶ

おぼろかな海境《うなさかい》まで行き戻り来し夫の後姿《うしろで》いくばく老いて

百合の花みな向きむきに咲き盛り己ひとりの香を放つなり

無色なる初秋は空より降りてくるだあれもいない岩槻城址に

慰問に来し彩光苑に息そろえハモニカに吹く「人生劇場」

少しだけ欠けた夫婦茶碗《ちゃわん》を捨てむとす残るひとつに余情無きゆえ

夕風に乗りてかすかに聞こえくる教会の鐘　きょうは母の忌

一心に鍵盤をたたく調律師ダンボの耳に音をとらえて

わが部屋を閉め切りてひとひ焚くバルサン殺意というは歓びに似て

わが家のレシピ

深々と艶めく秋にまといたしコーヒー色の大判ストール

秋の風つかみて飛び立つかりがねを追いつつわれも放たれてゆく

喉黒を藻塩で焼きて「千代むすび」ちびりちびりと腹黒同士

さくら樹に雫するごとぶら下がり風に蓑虫かすかゆれおり

洗濯も厨仕事も休むべし本日こころの洗濯日和

水鳥が動けば光も動くなり年のはじめの小池めぐれば

平安《へいあん》時代の末期に退治されしという鵺《ぬえ》の蠢く年きたるやも

「日本会議」の正体知れば訝しむ明治神宮参拝の儀を

口の中にとろけるような鰤大根　亡母から受け継ぐわが家のレシピ

気だるげに唄うダミアを聴きながらパソコンの鈍き立ち上がりを待つ

北風を味方につけたるラガーマン雄叫びをあぐトライを決めて

蠟梅の香を運びゆく北風よわれの妬心も攫いてくれぬか

路線バスの車体に描かれ揺られゆくクレヨンしんちゃん氷雨の今日も

来る川はゆく川となる境橋のぞきこみ今日も流れ確かむ

こなから

秋の陽を浴みてめぐれる観覧車誰のひと日の思い出となる

懐かしき氷いちごをひとすくい含めばたちまち頭痛がはしる

卓を囲む老いの指先かろやかに健康麻雀ときを忘れて

二合五勺《こなから》がほどよき量と宣える友が持ちくる草津の地酒

談笑の内にも気になる息子《こ》の病　開花予想日なごり雪ふる

われの手に毛糸をかけて妣が巻く沓き春の日ぬくき縁側

大いなる夫のくしゃみに戦きてそののちまたも諍いとなる

祭り足袋に締めこみ白き男らに汚れる前の昂ぶりを見き

嬰児《みどりご》のこぶしゆうるり開かれてあかとき水面に浮かぶ睡蓮

ひかえめな風鈴のおと聴こえくる虫の合唱とぎれししじま

ふれるべからず

五月闇を清らな風が吹き抜けて自虐と愉悦は常にうらはら

泣くときのおのこ美し八度目の全英制覇ロジャー・フェデラー

シャボン玉水面にとんと弾ませておさな三人《みたり》が歓声をあぐ

夏の夜の線香花火泣き顔となりてポトリと崩る時のま

触れたらばたちまちはじけて種とばすツリフネ草にふれるべからず

月夜茸ブナの枯木に発光し臭気をはなつ　食うてはならぬ

死に蜂を掲げて蟻の軍列は陣地に向かいて凱旋しゆく

「浦霞」の肴《あて》に選りたるつぶ貝の肝の苦さは昨夜《よべ》の諍い

とき来ればゆかむ雪も誤解もとけゆかむ池辺のやなぎ芽吹き初めたり

はんなりと花びら餅のうすごろも風月堂は春のよそおい

首傾げ思案している水仙を七星天道のぼりゆく見ゆ

「こんな」と悲しみ「そんな」と嘆き「あんな」と驚くわたくしのうた

眼の渇き口の渇きに目覚むれば夜闇をつきて救急車ゆく

アレグロの速さに秋がやってきて権現堂を真っ赤に染める

すぐにでも泣きだしそうな雨雲に泣いてもいいよと声かけやりぬ

わが目から離れし涙ひざに落ち昨日の悔しさ拡がりてゆく

一音一音キーを叩いて音をとる古き楽譜の「カスバの女」

一片《ひとひら》の雲

寂しさに音があると聞く鉦叩き街路樹の間にちんちんと鳴く

白き肩ぐいとのぞかせ競いいる畝の大根　ぬくき霜月

荒蕪地に明るく咲きいるアワダチソウ嫌われものの孤独抱えて

木枯らし一号吹かざるままに何食わぬ過客の貌して冬は来たりぬ

新年の明け待たずして浴槽にひざ抱きしまま義姉は逝きたり

かすかなる笑みを浮かべて旅立ちし義姉の面輪に紅をさしやる

あっけらかんと晴れわたりたる寒空に一片《ひとひら》の雲　義姉かもしれず

陽に当てし布団に残る温もりに喪服ぬぎたる身を横たえる

ゆくりなく短所が長所に変わるとき思いもよらぬ力湧きくる

白じゃなく黒でもなくてうじうじと中立という八方美人

雲間より冬陽さしくる菜園に背伸びしている小松菜、春菊

凩の責めをうけつつタクシーの乗り場に並ぶ終電すぎて

両の手を力の限り握りしめ寝たり起きたり歯科のいっとき

春の字は二つ合わせた手とうたう詩人のこころ思いてひとひ

そらとはな一体となるネモフィラの絶対青に友と染まれり

店先のとりどりの傘のほほんと雨の冷たさいまだ知らざる

薄暑のひかり

「きらきら星変奏曲」を弾く部屋のガラスのむこうは薄暑のひかり

霧の花咲く線路際ここにきて命をすてし少年のあり

われより若き人も混じれる施設にてハモニカに吹く「お座敷小唄」

久々の梅雨の晴れ間に漕いでみる四十年前と変わらぬふらここ

としどしに祭りの賑わい失せてゆく築四十年の限界マンション

ひかえめに口紅ひきて年来の知人の通夜に傘さしてならぶ

食べごろのメロンが香る祭壇に父、母、義姉がならぶ盂蘭盆

台風の前ぶれとなるわが頭痛バファリン二錠ふくみて凌ぐ

ラの音

ひとときの団欒《まどい》のなかに華やげり親族《うから》の集う正月三日

句読点、段落、改行しないままわが私小説終章まぢか

赤ちゃんの産声はみなラの音というわれの音程くずれしはいつ

プラスチックに囲まれ暮らす現代にジュゴンの赤ちゃん命つきたり

混雑のホームのなかに吸われゆく娘の背はあの日のわたし

致死量に少し足らざる今日の鬱リュックに詰めて高尾山《たかお》に登る

悪しきゆめ貘に食わせて目覚むれば日脚がソファーを独占している

今年より愛車となりし自転車に新米十キロふらふら運ぶ

奇禍

転びたる瞬間思い出せぬまま朦朧として帰りきたりき

救急車を呼ぶなど思い到らずに二キロの道のりただに遠かり

鮮血に染まりしマスクに驚きてソファーに仰臥しひたすら冷やす

眠られぬ一夜が過ぎて口腔外科、整形外科、歯科へタクシーでゆく

骨折のなきこと幸いと受けとめて腫れあがる顔鏡に見つむ

頸椎の二か所の歪み正さんと罪人のごと首を吊らるる

最悪の如月三日　ひと月を過ぎて前歯の四本整う

雪がふるさくら凍らす雪が降るコロナに籠る弥生尽日

コロナとう得体の知れぬウイルスに統べられいるや蒼き地球は

花柄のマスクを着けて眉ひいて遠回りしてスーパーへゆく

風音に息を合わせる稲の波ここ一帯はコロナ禍知らず

ふざけたりからかったりもエスプリであればわれらの歌会たのし

追伸に柔らかな嘘ひとつ添え長病む友に暑さの見舞い

蛞蝓がゆったり時を引きずるを息止めて見つめし幼きわたし

決断を下せぬままに季《とき》はすぎブルーサルビアベランダに咲く

カシミヤのストール纏い心まで優しいふりして逢いにゆくなり

検温器、おでこに向けられたじろげり二週間前のわれを思いて

満身の力しぼりて咲きいでしさくら老樹に耳寄せてみる

クレソンも混じりて嬉しき春サラダマスクを顎に無言の会食

足尺に苗を植えいる老ふうふ黄蝶白蝶したがえながら

モンブランのインクの匂いしみじみと文したためし彼の夜は杳か

歯みがきをするたび広がる鉄の味　挫折の記憶　嫌いではない

内牧の森

前をゆく媼を抜かんと歩を速む気配察知し敵も然るもの

救急車の音とまりたるわが棟の窓一斉に開く気配す

早朝の窓を開ければ蟬のこえ飛び込み来たり梅雨明けまぢか

八月の涙あつめて咲き継げる夾竹桃の白きわやかに

初恋の少女のはじらい思わせてうすきみどりの莢がふくらむ

ソーダ水の泡のはじける音のして昭和の思い出ひとつ失せたり

足ながき影に従うウォーキング今日も猛暑とラジオが告げる

資本主義の終わりの予感す大いなる気候変動、華氏百度超え

『人新世の「資本論」』読みさして生ゴミ出さんと立ち上がりたり

プロメテウスの二つの袋バランスをとれずにわれは前傾してゆく

人の名が思い出せぬは昨夜食みし茗荷のせいか膝を打ちたり

睡り浅き夜半の夢にておろおろとアデュカヌマブ*の治験者われは
*アルツハイマー病の新薬

オリパラの喧騒すぎて箱ものの夢のあとさき　秋深みゆく

格子のポンチョ

少年の空に向かいて蹴り上げるボールの高さ　コロナ禍勢う

ふはふはと甘酒すする風の夜「母さんのうた」小声にうたい

着ぶくれの媼に引かれ畔をゆくポチは格子のポンチョ着せられ

北風に嬲られて待つ踏切の向こうにわが家の日常がある

口あけて冬晴れのそら見上げれば胸いっぱいに青なだれ込む

いつからのひとりぼっちかそれぞれのテレビに見ている異なる世界

宗次郎聴けばあざあざ甦る亡友《とも》の吹きくれし「いい日旅立ち」

久々にピアノに向かえば不機嫌なわたしの指が依怙地を通す

小春日和は冬です温暖化日本に木枯らし一号出番まちいる

渋い色、簡素、淡白好めるはわれの美意識　落葉ふみしむ

着ぶくれの男に手荷物うとまれて痩せぎすわれは睨み返せり

わが心《うら》にいまだ迷える岐路のあり終電降りて眉月みあぐ

わが内耳に住む蟬の声忘れんとベートーヴェンの「熱情」を聴く

ひざ抱きてシャコンヌを聴く雨の夜向かいの家に救急車くる

黄金の稲穂を刈りゆくコンバイン轟音たててコロナ禍けとばす

初ものの秋刀魚を焼けば思うなり七輪扇ぐ亡母《はは》の後ろ姿《で》

じゃじゃ馬馴らし

常よりも心をこめて磨くなりあす売られゆくヤマハのピアノ

ドビュッシー、ショパンも連れて去ってゆく馴染みしピアノに深く礼《いや》する

ピアノなき部屋に残せる楽譜なり弾かずじまいの「月光」の曲

ピアノ跡残れる部屋にあたらしき介護ベッドが空間を占む

傘寿の夫は介護ベッドに身を委ね明日を思うか溜息をつく

ねちねちと愚痴言う声は聞かずおく深海の魚となりし夫の

言い訳の酒に溺れし幾年に失くししものを頑と認めず

リハビリを勧めくるるに二百回スクワットすると白々と言う

車椅子思いのほかに御し難くじゃじゃ馬馴らしと夫は苦笑す

月に二度車椅子押して行く病院　帰りのスーパー楽しみとして

大人用粉ミルク抱える萎えし腕ふたたびの歩行あれよ　あるべし

腕まくり俄かバーバー開店すハサミ持つ手は緊張しきり

不安気な夫のうなじ細くしておそるおそるにハサミを入れる

マスクして帽子被りて片づける十年夫の籠りいし部屋

積もりたる埃のなかから出でくるはゴルフバッグにテニスラケット

定年の後は地域の活動を生き甲斐として尽して来しが

長年にわたる活動が評価され広報紙に残る夫の写真

抽斗の奥より出できし若き日の写真に今宵は会話はずみぬ

誇らしく社章を胸にせる写真恋せし頃もありたるものを

日常の隙間に潜む「虎挟み」不意に爆ぜるなと固くいましむ

解説

「合歓」の創刊号が出たのは一九九二年六月。藤島眞喜子さんの歌が誌上に登場するのは一九九三年の第四号からである。はじめからなかなかに整っていて、初心とは思えないくらい、すんなりと定型に馴染んだもので驚いた覚えがある。もともと彼女は好奇心が強くてこれまで何にでも興味を示し、チャレンジしてきた。わたしの知るかぎりでも、ピアノ、書道、テニス、卓球、麻雀、カラオケ、ハモニカなどなど。しかも、ただ興味を持つだけではなく、そのすべてにおいて舌をまくほど上達が早く、自分のものにしてしまう。こうと決めたら手を抜かず、毎日欠かさず時間を決めてやる、といった几帳面な性格が幸いするのだろう。言い方を変えれば負けず嫌いと言うことなのだが。

彼女とはお互いの子供が同じ幼稚園に通っていた頃、ママ友として知り合った。だからもう五十年近い付き合いということになる。何でも話しあえる大切な友人なのだが、その完璧主義がときとして彼女自身を苦しめることになっていることを、わたしは近くにいてすこし心配していた。娘さんとの仲がぎくしゃくしたのもおそらく、そういった彼女の性格が要因のひとつであったのではないだろうか。その辺りは大雑把な性格のわたしとは真逆で、だからこそ長い間、親しくして来られたのだろうと思っている。

ともかく、そんな彼女だから短歌においても熱心で、もともと読書好きだから積極的に歌集も読み、作品を作ってどんどん力をつけていったのである。ピアノとか書道、テニスといった趣味では得られない、言語による自己表現は、ちょっとかたくななところのある彼女にとってはあらためて自分自身を見つめるいい機会になったのではないだろうか。

芳醇な香り片手に聴くブーニンさびしき夕べの小さな奢り

パヴァロッティのビロードの声に促され久々に磨る墨の輝き

緩やかなリチャード・バーマー聴きながら香りの高きコーヒーを飲む

存分にボリュームあげて酔いしれるフジコ・ヘミング夫おらぬ夜

バッハの無伴奏チェロ聴くゆうべボジョレー・ヌーヴォーに少しく酔いて

雨の日のピアノの響きに余韻ありペダル効かせて「無言歌」を弾く

ひざ抱きてシャコンヌを聴く雨の夜向かいの家に救急車くる

音楽好きな一面のうかがえる歌群である。クラシックの演奏会にたびたび出かけている彼女は普段でも音楽を聴きながら過ごしているのだろう。

一首目のブーニンはロシアのピアニスト。日本人の妻がいて、家も日本にあるというくらい日本びいきというブーニンがまだ若かった頃、彼女に誘われて一緒に演奏会に行ったことがあるが、あんなに感動したことはないというくらい、心の隅に入りこんでくるような音色だったことを思いだす。パヴァロッテイ、リチャード・バーマー、フジコ・ヘミング、バッハなどと幅広い音楽家の名前が潤いある生活の雰囲気を伝えてくる。

意志もたぬ女となりたきこともありきょうの終いの湯舟に沈む
あくまでも正論に拘るわれが在り　眉月みあげ家路を急ぐ
配られし一枚の紙「全員解雇」思考停止の石になりたり
白黒をつけねば済まぬわが性を継ぎし娘と肉まん頬ばる
「幸せは適度な鈍感にあり」と友の言う　深爪の指ずきんと疼く
言葉なくし表情なくして臭い消し透明人間になりたき五月
さかしらに言いしひとこと悔いおれば夕べ椋鳥の喧騒はじまる
正論に拘り人を追いつめし心のままに夜道を帰る

子育てが一段落したころ、フルタイムで勤めていたころの歌である。確か設備関係の仕事であったが、彼女は一念発起して車の運転免許を取得し、給水工事の設計技術者の国家試験にもチャレンジして合格した。しかしながら比較的小規模の会社であったから、労使関係で悩むことが多々あったようだ。女性だから、中年になってからの就職だから、と差別されて悔しさに歯噛みしている姿がうかがえるような歌群である。正論が必ずしも通る社会ではない。新しく出来る建物の配管の図面を引いたり、かなり責任ある仕事を任されていたのだが、「白黒をつけねば済まぬわが性」は敵も作ったことだろう。「幸せは適度な鈍感にあり」とはまさに彼女のために用意された言葉のようだ。

良い子という仮面の下のSOS気づかぬわれは母にあらざるや
不用意に浴びせし言葉の重たさに慄く日々よ愚かな母は
壷に挿す桃の蕾のふくらみに娘の笑顔かさねて見たり
鋭《と》きこころ持ちたるゆえに涙多き娘はあした花嫁となる
相容れぬ母と娘でありしまま嫁ぎゆく日の娘のまなざし
長かりし母娘の確執三渓園の若葉のなかに溶けてゆくなり

ひさびさにかけきし娘の電話ゆえ座りなおして愚痴をききやる
混雑のホームのなかに吸われゆく娘の背はあの日のわたし

娘さんとの確執が藤島さんの長年の大いなる悩みであった。相容れない母子関係というものの難しさは傍からは如何ともしがたいもので、彼女自身の歌にあるように「良い子という仮面の下のＳＯＳ」を受け止める度量にすこし欠けていたのかもしれない。聡明な彼女にして、これぱかりはどうしようもない感情の行き違いなのであった。やがて娘さんは母親からの束縛に抵抗してピアノのレッスンも嫌がるようになり、大学も親元を離れるのが目的で、関西の外語大学に進んだのだと聞いたことがある。つまり、母も娘も芯が強くて頑固。ゆえに長い反抗期が続いたということだろうか。

それでも温かく包容力のある伴侶とめぐりあって暮らしてゆくうちに、娘さんもしだいに母親の生き方を理解し、今では愛情を受け容れて歩み寄りが見られるようになったと聞いたときには、他人事ながら本当に安堵の胸を撫で下ろしたのであった。

粛粛と誰《たれ》にも来《く》べき死《しに》なれど手術に耐えたる夫のやすらぎ
見舞いにと娘の持ち来し杖一対沽券を捨てたる夫の喜ぶ
常よりも心をこめて磨くなりあす売られゆくヤマハのピアノ
ピアノ跡残れる部屋にあたらしき介護ベッドが空間を占む
言い訳の酒に溺れし幾年に失くししものを頑と認めず
車椅子思いのほかに御し難くじゃじゃ馬馴らしと夫は苦笑す
月に二度車椅子押して行く病院　帰りのスーパー楽しみとして

短歌をはじめて三十年近く。今回、ようやく歌集を編む決心がついたのは、娘さんとの長い間の確執が解消して安らかな境地を得たからなのかもしれない。しかし、一方で七十代になられたころから体調を崩して胃の摘出手術を受けたり、脊柱管狭窄症の激痛から逃れるべく酒が手放せなくなっていた夫君が、いよいよ車椅子を必要とするまで衰えて来られた。一流企業に定年まで勤め、リタイアされてからはマンションの理事長を引き受けて人望あつい方だったのだが、病を得られてからは籠りがちとなり、ついに介護を必要とされるようになった。本集の巻末近くには数少ないが胸が痛くなるような介護の歌がある。慣れない車椅子の操作を「じゃじゃ馬馴らし」と苦笑された夫君のユーモアが救いであるが、それはまた外向的な妻へ一矢報いてみせたものだったかもしれない。

長年の友人として知悉しているゆえに、解説というより私的な歌の背景を書き過ぎたと反省しながら、藤島眞喜子さんの向後の歌に期待して、いささか長文となった解説の筆を擱くこととする。

二〇二二年四月　穀雨の日に

「合歓」主宰　久々湊盈子

追記

『じゃじゃ馬馴らし』の初校が出て、これから、というときにまったく思いがけなく夫君の病状がにわかにあらたまり、桜が満開となった四月の一日、救急車で運ばれた病院でそのまま幽明界を異にされた。せっかくの第一歌集を連れ合いに一番に見てもらいたかっただろうと思うと、彼女にかける言葉もない思いだが、こののち、ぜひ故人への挽歌を紡いでいっていただきたいものだと思っている。

あとがき

この度、思いがけずに歌集『じゃじゃ馬馴らし』を出版することになりました。

五十年来の親友(勝手に思っています)でもある久々湊盈子先生の第一歌集『熱く神話を』に触発されて「合歓」に入会しました。文学とは無縁の、まして短歌は教科書で習った程度の無知な私を根気よく導いてくれたのが彼女でした。仕事、子育て、家事に追われ、月一回の歌会出席もままならない時期が長く続き、度々の挫折の危機を脱することが出来たのは、ひとえに彼女の丁寧な指導と温かい気遣いでした。何事にも自信のない私は、歌集出版など論外と思っていただけに、この度の決断は勇気のいることでした。短歌らしきものを作り始めてから三十年目、傘寿を迎えるなどメモリアル的なことが重なる今年、決め手となったのは、彼女の娘さんである髙橋典子さんの「典々堂」の起業でした。わが家の子供達との遊び友達でもあった典子ちゃんへの心からのお祝いと応援を込めて、思いきって「典々堂」さんにお願いすることに致しました。一九九三年～二〇二二年までの作品三九一首をほぼ制作順に収めました。

歌集名の『じゃじゃ馬馴らし』は、シェイクスピアのロマンチック喜劇を念頭に発想を飛ばしたものです。奇しくも介護される身となってしまった夫の忸怩たる思い、決して温順ではなかった自分自身への戒めと、介護者としての複雑な心境、不条理が罷り通る世の中に対する怒り……ままならない苛立ちと不安を抱きつつ軽妙な響きに微かな希望を込めて集名としました。

出版に際しましては、久々湊先生の行き届いたご指導と温かい励ましのお言葉が原動力となりました。御茶ノ水教室の皆様、「合歓」の会の皆様にはたくさんの刺激を頂きました。三十年という長い年月に渡って短歌に関わってこられたのは、多くの方との交流を通して支えられてきたからと深く感謝申し上げます。また、「典々堂」の髙橋典子さんにはお心のこもったお手紙を頂いたこと、素敵な一集に仕上げて下さったことにお礼申し上げます。装丁は大ファンである倉本修さんにお引き受けいただきました。望外の喜びであり、感謝申し上げます。

二〇二二年　満開のさくらの季に

藤島眞喜子

著者略歴

1942年7月23日　横須賀市生まれ
1966年　結婚　一男一女の母
1993年　「合歓」入会　現在に至る

現在「合歓」編集委員

歌集　じゃじゃ馬馴らし

2022年7月23日　初版発行

著　者　藤島眞喜子
〒344-0044　埼玉県春日部市花積217-1
ルネ春日部10-210

発行者　髙橋典子

発行所　典々堂
〒101-0062　東京都千代田区駿河台2-1-19
アルベルゴお茶の水323
振替口座　00240-0-110177

組　版　はあどわあく　印刷・製本　渋谷文泉閣